# Petite Bonne sérieuse

# PIÈCES EN UN ACTE

DE

## G. Timmory et J. Manoussi

———

| | | |
|---|---|---|
| PETITE BONNE SÉRIEUSE, Comédie (3 h. 2 f.) | | Grand Guignol. |
| (*) UN BEAU MARIAGE, — (2 h. 2 f.) | | — |
| BALANCE SENTIMENTALE, — (1 h. 1 f.) | | Théât. Moderne. |
| UN GENTILHOMME, — (2 h. 1 f.) | | Mathurins. |

———

*Chacune : Prix, UN Franc net*

———

# En préparation :

| | |
|---|---|
| L'USURIER | (2 actes). |
| TOUTE L'ARMÉE | (3 — ). |
| LE TERRIBLE FLOCHE | (3 — ). |

———

(*) Librairie Théâtrale.

Gabriel TIMMORY et Jean MANOUSSI

# Petite Bonne

## sérieuse

### COMÉDIE EN UN ACTE

Représentée pour la première fois à Paris,
au Théâtre du GRAND-GUIGNOL, le 27 Février 1904

———— ✕ ————

Prix net : UN franc

———— ✕ ————

GEORGES ONDET, ÉDITEUR
83, faubourg Saint-Denis, 83
PARIS

1904

# Gabriel TIMMORY et Jean MANOUSSI

# Petite Bonne sérieuse

## COMÉDIE EN UN ACTE

Représentée pour la première fois à Paris,
au Théâtre du GRAND-GUIGNOL, le 27 Février 1904

GEORGES ONDET, ÉDITEUR
83, faubourg Saint-Denis, 83
PARIS

—

1904

---

| Personnages | Distribution |
| --- | --- |
| ERNEST (56 ans) ............... | MM. Gouget. |
| QUILLE (50 ans) .. ............. | Rambert. |
| CHOPPY (25 ans) ........... .. | Brizard. |
| FLORA (20 ans) ................. | M<sup>mes</sup> Farna. |
| M<sup>me</sup> QUILLE (45 ans) ............ | Fournier. |

**A Vierzon, en 1904**

Répertoire de la Société des Auteurs et Compositeurs dramatiques,
8, rue Hippolyte-Lebas, Paris

# PETITE BONNE SÉRIEUSE

## Comédie en un Acte

*Un salon au rez-de-chaussée d'une petite maison bourgeoise de province. Portes à droite et à gauche, premier plan ; porte au fond, ouvrant sur un corridor ; à gauche, deuxième plan, en pan coupé, une fenêtre avec balcon donnant sur le jardin ; à droite, deuxième plan, en pan coupé, une cheminée ; sur cette cheminée une garniture, deux petits vases et un livre. Ameublement d'une extrême banalité ; un guéridon sur lequel sont quelques journaux, dont un illustré ; un canapé, des fauteuils, des chaises, etc.*

---

## SCÈNE PREMIÈRE

### M. Quille, Madame Quille

*(Au lever du rideau, la fenêtre est ouverte, les meubles sont en désordre au milieu de la pièce. M. Quille, en bras de chemise et M^me Quille, en toilette d'intérieur très simple, font le ménage.)*

MADAME QUILLE, *frottant le canapé* [*]
Dépêchons-nous, Louis, il va être deux heures.

---

[*] M^me Quille, Quille.

QUILLE, *accroupi devant la cheminée*

Ça va. Ça va. La galerie commence à briller. (*Il fait un mouvement.*) Aïe !

MADAME QUILLE

Qu'est-ce que tu as, mon loulou ?

QUILLE, *il se lève puis s'assied sur un fauteuil*

Mon sacré rhumatisme... Ah ! Ce n'est pas en frictionnant des meubles que je ferai passer mes douleurs !

MADAME QUILLE

Que veux-tu, nous n'avons pas de bonne !

QUILLE

Encore si Ernest nous aidait un peu !

MADAME QUILLE

Ton frère ? Pas de danger qu'il change ses douces habitudes ! Après le déjeuner il est remonté dans sa chambre, comme à l'ordinaire. Et, tandis que nous trimons tous les deux, M. Ernest se prélasse, M. Ernest fait la sieste !.. (*Résignée.*) Frottons.

QUILLE

Ça, j'avoue qu'il est insupportable ! (*Il se lève et va battre les meubles à la fenêtre.*)

MADAME QUILLE[*]

Ah ! s'il n'était pas célibataire et riche, comme on l'inviterait à décamper !

QUILLE

Mais il a de la fortune et nous serons ses héritiers !

MADAME QUILLE

S'il ne nous enterre pas tous les deux !

QUILLE

Il est bien capable de nous jouer encore cette farce !

MADAME QUILLE, *essuyant un des vases de la cheminée*

En attendant, depuis dix ans qu'il est revenu d'Algérie, il s'installe chez nous, comme en pays conquis, tous les ans pendant deux mois — deux siècles !

QUILLE

Il commande en maître. Il faut obéir à tous ses ordres, céder à tous ses caprices, même les plus absurdes !

MADAME QUILLE

N'a-t-il pas fallu lui meubler une chambre algérienne ! Et n'avons-nous pas été obligés, nous, bourgeois paisibles, de baptiser notre villa : la *Villa des Moukères* !

---

[*] Quille, M^me Quille.

QUILLE

C'est ridicule, je le sais bien !

MADAME QUILLE

A qui la faute si nous ne gardons pas de bonnes ?

QUILLE

A Ernest qui les fatigue de ses exigences.

MADAME QUILLE

Au point que nous n'en trouvons plus dans le pays et que, pour en avoir une, j'ai dû écrire à un bureau de placement de Paris dont j'ai trouvé l'adresse dans un journal.

QUILLE

Mais si elle s'ennuie dans notre petite ville, si elle nous lâche ?

MADAME QUILLE, *allant frotter les pieds du guéridon*

Rien à craindre. J'ai bien spécifié qu'il nous fallait une fille sérieuse, ayant l'habitude des personnes âgées et bien décidée à travailler en province.

QUILLE

Très bien !.. C'est là ce qu'il nous faut pour Ernest.

MADAME QUILLE

Il cessera peut-être enfin de menacer de nous quitter.

QUILLE

Ce qui serait la ruine ! Le retenir chez nous, c'est le seul moyen de le soustraire à des influences et à des liaisons dangereuses !

MADAME QUILLE

En voilà un héritage que nous aurons chèrement gagné !

## SCÈNE II

### Les Mêmes, Ernest

*(Pendant cette scène, M. et M^me Quille remettent les meubles en place ; le canapé contre le mur, à droite de la porte du fond ; le guéridon, devant la fenêtre, que l'on ferme ; une chaise de chaque côté du guéridon, un fauteuil devant la cheminée, dos au public ; les autres chaises ou fauteuils autour de la pièce, le long des murs. Ernest est en robe de chambre et en pantoufles ; il est coiffé d'un fez.)*

ERNEST, *en entrant, il se heurte contre un siège placé devant la porte*

Allons ! allons ! Encore à nettoyer, tous les deux !

QUILLE *

Comme tu vois.

ERNEST

La nouvelle bonne n'est donc pas arrivée ?

MADAME QUILLE

Pas encore.

ERNEST

Charmant ! Quelle maison ! Jamais personne pour vous servir !

QUILLE

Est-ce que tu manques de quelque chose ?

ERNEST

Non.. Je voudrais bien voir ça, par exemple ! Mais tout de même, il faut être, comme moi, de bonne composition pour vivre chez vous. Je descends au salon : je le trouve en désordre, plein de poussière...

MADAME QUILLE

Il n'est pas fini.

QUILLE

Et nous n'arrêtons pas depuis ce matin.

* Quille, Ernest, Mᵐᵒ Quille.

#### ERNEST

Ce n'est pas ma faute. C'est gai, ici ! On me laisse toujours seul ! Monsieur passe son temps à battre les meubles et Madame à fricoter son rata dans sa cuisine. Si vous croyez que c'est amusant pour moi !

#### QUILLE

Et pour nous, donc !

#### ERNEST

Tant pis pour vous, si vous ne pouvez pas garder de domestiques ! Il est vrai que vous avez un flair pour les choisir ! Je n'ai jamais vu ici que des filles de la campagne, des souillons inexpérimentés.

#### MADAME QUILLE

Vous savez bien que, cette fois, j'en fais venir une de Paris.

#### ERNEST

Excellente idée. Je vois ça d'ici : une soubrette qui le prendra de haut ; il faudra se mettre à genoux pour se faire servir !.. J'espère bien que, si elle joue à la grande dame, vous me la flanquerez immédiatement à la porte !

#### QUILLE

C'est ça. Elle n'est pas encore arrivée que tu parles déjà de la flanquer à la porte.

ERNEST

Dis tout de suite que je radote ! (*Il s'assied à droite du guéridon.*)

MADAME QUILLE

Vous avez tort de vous inquiéter, Ernest. Je suis sûre que cette domestique vous conviendra.

ERNEST

Ne nous emballons pas. On verra. En attendant l'arrivée de cet oiseau rare, inutile, n'est-ce pas, de songer à prendre un bain ? (*Furieux.*) Il n'y a pas de bain pour moi, il n'y a pas de bain...

QUILLE, *avec empressement*

Mais si. Je vais t'en préparer un moi-même.

ERNEST

C'est bon, je remonte. (*Il sort à gauche.*)

QUILLE, *à Madame Quille*

Enfin ! Il s'en va dans un mois !

MADAME QUILLE

Encore un mauvais mois à passer !

LA VOIX D'ERNEST, *au dehors*

Eh bien ! j'attends !

QUILLE

Voilà, voilà ! (*Il sort par la gauche, en emportant sa redingote, la batte et le torchon.*)

MADAME QUILLE, *seule*

Moi, je vais à la cuisine voir ce qu'il faut pour le dîner. (*Elle sort par la droite. La scène reste vide. On frappe à la porte du fond.*)

SCÈNE III

—

**Flora, Choppy**

(*Choppy est vêtu avec une élégance de mauvais goût : chapeau melon, pardessus de voyage, cravate rouge, des bagues, une chaîne énorme, des breloques. Flora, costume de voyage : cache-poussière et canotier.*)

CHOPPY, *entrant le premier*

Entrons, Flora, puisqu'on ne répond pas.

FLORA *

Entrons... Tu es sûr que c'est ici ?

---

* Flora, Choppy.

CHOPPY

Mais oui. . Pas moyen de se tromper... « Villa des Moukères, 28, rue Sainte-Agathe. » C'est ici.

FLORA

Alors, pas d'erreur ?

CHOPPY

Pas la queue d'une.

FLORA, *allant s'asseoir sur le bras du fauteuil qui est devant la cheminée*

Passe-moi une cigarette, Choppy.

CHOPPY *

Tiens. (*Ils allument leurs cigarettes.*)

FLORA

Alors, je suis la première femme que Gobersac fournisse à la Villa des Moukères ?

CHOPPY, *s'asseyant en face d'elle sur le canapé*

La première. A toi la pose !

FLORA, *riant*

La pose plastique.

CHOPPY

C'est un client nouveau qui nous est venu par un journal.

---

* Choppy, Flora.

FLORA

Il a un sacré culot, Gobersac, de mettre des annonces dans les journaux, étant donné son genre d'affaires.

CHOPPY

C'est un homme très fort.

FLORA

Il n'a jamais eu d'ennuis ?

CHOPPY

Pas le moindre. Un casier judiciaire vierge. C'est même tout ce qu'il a de vierge à la maison. Et cependant on n'est pas tendre pour les pauvres diables qui essaient de donner un peu de plaisir à l'humanité ! Faut dire qu'il y a beaucoup de leur faute ; ils ne savent pas s'y prendre. *(Il se lève.)* Qu'est-ce que la plupart des confrères ? Des margoulins. Pas d'estomac, pas d'envergure. Ça travaille dans l'ombre, clandestinement. S'agit-il d'adresser quelque blonde ou quelque brune à un sérail de province, ça annonce mystérieusement l'envoi d'un sac de farine ou d'un ballot de laine...

FLORA

C'est pas galant !

CHOPPY

C'est idiot... et ça n'a jamais trompé personne, même pas la police. Avec Gobersac, c'est autre chose : nous sommes modernes, nous sommes américains, nous opérons ouvertement, au grand jour. *(Il tire un journal de sa poche.)* Tiens... « Bonnes pour vieux messieurs ». C'est clair sans être dangereux. Ne comprennent que ceux qui veulent bien... « Bonnes pour vieux messieurs » ! Voilà une trouvaille ! Et les affaires ronflent. Nous fournissons la province, nous expédions pour le Brésil, le Pérou, le Chili, la Colombie, la Patagonie, le Transvaal, le Klondyke, le Kamchatka, le Zoulouland...

FLORA, l'interrompant

Ah ! n'en jette plus !

CHOPPY

On n'a pas le temps de souffler. Moi, qui fais les livraisons, je suis toujours en route. Hier à Bordeaux, aujourd'hui à Vierzon, demain à Montluçon. *(Avec conviction.)* C'est extraordinaire ce que nos articles sont demandés !

FLORA, se levant *

C'est vrai... J'ai voulu quitter Paris : je me suis adressée à Gobersac...

CHOPPY

Et, vlan ! deux jours après, t'es installée à la villa des Moukères. V'là comme nous sommes.

---

* Flora, Choppy.

### FLORA

Ça n'a pas l'air très conséquent, la villa des Moukères ? (*Elle s'assied sur le canapé.*)

### CHOPPY

T'inquiète pas... C'est surtout les maisons qu'il ne
faut pas juger sur l'apparence. Tu penses si j'en ai
fréquenté. T'en vois d'épatantes : de l'or. des tableaux.
des tapis, et, comme clientèle, quoi ?.. la purée.

### FLORA

Alors, tu crois qu'ici ?..

### CHOPPY

Du bourgeois, du cossu, du sérieux. Une petite
clientèle d'habitués. Du nanan.

### FLORA, *s'étirant*

Chic ! C'est curieux tout de même qu'il n'y ait personne pour nous recevoir.

### CHOPPY

Non. En plein jour, dans les petites villes, ce n'est
guère l'heure des visites. On peut en prendre à son
aise. D'ailleurs, la patronne ne doit pas être loin.

### FLORA

Mais, dis-moi, on entre donc librement chez les
gens, en province ?

CHOPPY

Jamais! Il doit y avoir une autre porte pour les visiteurs. On nous a probablement indiqué, sur la lettre, l'entrée particulière.

FLORA, *riant*

L'entrée des artistes!

CHOPPY

Sacrée Flora! De l'œil, de la dent, de l'esprit!.. On te regrettera chez Jeannette.

FLORA

On avait ses amis.

CHOPPY

Ça ne m'étonne pas. (*Tirant sa montre*)... Bigre! Faut que je calte... Avant de reprendre le train, je viendrai faire régler les frais à la patronne. Au revoir, la gosse!

FLORA

Au revoir, mon petit Choppy! (*Choppy sort par le fond. Flora se lève, jette sa cigarette, va au guéridon, et, contemplant avec un profond étonnement, un journal illustré, murmure :*) Fémina. Ben! Ils lisent des choses propres ici : *Fémina... Fémina!..*

---

## SCÈNE IV

—

### Flora, Madame Quille

MADAME QUILLE, *entrant à droite*

Ah ! la nouvelle bonne !

FLORA, *se levant* *

La patronne !

MADAME QUILLE

Vous êtes sans doute, mademoiselle, la personne envoyée par M. Gobersac ?

FLORA

Précisément, madame.

MADAME QUILLE

Y a-t-il longtemps que vous êtes là ?

FLORA

Un moment...

MADAME QUILLE

Je ne vous ai pas entendue entrer.

FLORA

La porte était ouverte.

---

* Flora, M^me Quille.

### MADAME QUILLE

Il fallait sonner, pour avertir. Est-ce qu'à Paris on entre dans les maisons sans sonner ?

### FLORA

Non. Mais voilà... Il y a, en général, au bas de l'escalier une marche qui sonne. .

### MADAME QUILLE

Chez moi, il n'y a pas de marche qui sonne, mais il y a un timbre électrique qui nous aurait tout aussi bien prévenus de votre arrivée... Nous vous attendons avec impatience. Causons donc un peu avant que vous ne preniez votre service. (*Elle s'assied sur le fauteuil qui est devant la cheminée, en le tournant légèrement à gauche*). Montrez-moi vos certificats.

### FLORA

Mes certificats ?

### MADAME QUILLE

Voyons, ma fille, vous avez déjà servi ?

### FLORA

Dame !

### MADAME QUILLE

On a donc dû vous donner des certificats.

### FLORA

C'est pas l'habitude...

MADAME QUILLE

Alors, vous n'avez pas de papiers du tout ?

FLORA

De papiers, de papiers?.. Ah ! si, j'ai une carte.

MADAME QUILLE

Quelle carte?

FLORA

Ma carte... quoi !

MADAME QUILLE

Faites voir.

FLORA

Voilà, madame.

MADAME QUILLE, *lisant*

Mâtin ! « Préfecture de police — Marie Truchet ». *(A Flora.)* Très bien, très bien ! Voilà une pièce officielle qui vaut tous les certificats du monde. C'est une excellente recommandation ; cela me suffit. *(Elle rend la carte)*.

FLORA

Merci, madame..

MADAME QUILLE

Dites-moi, ma fille, avant de venir chez moi, où étiez-vous placée ?

FLORA

Chez M^me Jeannette, *(Avec un sourire)*, Modiste.

### MADAME QUILLE

C'est une maison connue ?

### FLORA

Très.

### MADAME QUILLE

Pourquoi l'avez-vous quittée ?

### FLORA

J'étais un peu fatiguée et j'ai pensé qu'en province le service serait moins pénible.

### MADAME QUILLE, *avec douceur*

Il ne faut pas vous imaginer que chez moi on passe sa vie à ne rien faire.

### FLORA

Je n'en demande pas tant... Je ne suis pas une feignante. Seulement chez M<sup>me</sup> Jeannette il venait beaucoup de monde et il fallait monter tout le temps.

### MADAME QUILLE

Ici, il n'y a qu'un étage, l'escalier n'est pas très dur et je reçois peu.

### FLORA

J'aime mieux ça.

### MADAME QUILLE

Vous ne mourrez donc pas à la besogne. Toutefois, je dois vous prévenir que je veux un travail soigné et consciencieux.

### FLORA

On ne m'a jamais rien reproché sous ce rapport.

### MADAME QUILLE

Je n'exige pas des choses extraordinaires. Mais il est des qualités auxquelles je tiens essentiellement : d'abord l'honnêteté.

### FLORA

Madame peut être sans crainte.

### MADAME QUILLE

Bien, ma fille, très bien. Quant à la propreté...

### FLORA

Oh ! ça, madame, inutile d'insister. C'est l'A B C du métier.

### MADAME QUILLE, *se levant*

Parfait. Je vois avec plaisir que vous avez d'excellents principes et je crois que nous nous entendrons à merveille.

### FLORA

Je l'espère aussi, madame.

### MADAME QUILLE

Seulement, mettez-vous bien en tête que vous avez affaire à des personnes respectables, qui tiennent à leurs habitudes. Et, à ce propos, je vous recommande spécialement M. Ernest, qui est en ce moment chez nous pour quelque temps.

FLORA, *étonnée*

Pour quelque temps ?

MADAME QUILLE

Il vient tous les ans passer deux mois à la maison.

FLORA

Deux mois ! (*Elle marque sa surprise par un sifflement.*)

MADAME QUILLE

Il habite au premier, la chambre algérienne. Soyez très aimable avec lui.

FLORA

C'est trop naturel. (*Avec un sourire.*) Il est de la famille.

MADAME QUILLE

Juste. C'est un vieux garçon d'humeur parfois un peu bizarre, qui a ses caprices, ses manies...

FLORA

Compris.

MADAME QUILLE

Il ne faut pas vous en étonner.

FLORA

Je ne m'étonne pas facilement.

MADAME QUILLE

Évitez donc de le contrarier et tout ira pour le mieux. Et maintenant, ma fille, allez vous débarrasser.

FLORA

Bien, madame. (*Elle va pour sortir.*)

MADAME QUILLE, *la rappelant*

Ah ! Vous vous appelez Marie, n'est-ce pas ? Cela tombe bien.

FLORA, *à la porte*

En général, on m'appelle Flora.

MADAME QUILLE

J'aime mieux Marie ; c'est le nom que je donne à toutes les filles que j'emploie.

FLORA, *descendant de quelques pas*

Mais alors on doit les prendre les unes pour les autres ?

MADAME QUILLE

Il n'y a pas de confusion possible. Dans les grandes circonstances, je prends des extras. Mais, en temps ordinaire, vous êtes seule.

FLORA, *se récriant*

Seule ?

MADAME QUILLE, *remontant vers la porte* *

Ne vous effrayez pas. Je suis là à l'occasion pour vous donner un coup de main.

---

* M<sup>me</sup> Quille, Flora.

FLORA, *abasourdie*

Vous ?

MADAME QUILLE, *s'arrêtant à la hauteur de Flora*

Pourquoi pas ?

FLORA

Ah ! bon !

MADAME QUILLE

Venez, ma fille, je vais vous conduire à votre chambre.

(*Elles sortent par le fond.*)

## SCÈNE V

Quille, *puis* **Madame Quille**

QUILLE, *entrant à gauche et se laissant tomber dans le fauteuil, devant la cheminée*

Ouf!.. Je suis éreinté... Je lui ai donné son bain ; après quoi j'ai dû le masser, le frictionner, le bouchonner, l'étriller... J'ai besoin de me reposer un peu...

(*M^{me} Quille entre par le fond.*)

Il est temps que la bonne arrive.

MADAME QUILLE, *avec satisfaction*[*]

Elle est là.

QUILLE

Eh bien ?

MADAME QUILLE

Elle m'a produit la meilleure impression ; c'est une fille qui connait son métier.

QUILLE

Elle fait bien la cuisine?

MADAME QUILLE

Sapristi ! j'ai oublié de le lui demander... Et puis, tu me fais penser qu'il manque un tas de choses pour le dîner !.. J'ai fait une petite liste... Tu vas prendre le panier dans la cuisine et aller m'acheter tout cela. *(Elle lui donne la liste.)*

QUILLE

C'est que je voudrais souffler un peu !

MADAME QUILLE

Veux-tu dîner, oui ou non ?

QUILLE

C'est bon, j'y vais. *(Il sort à droite.)*

MADAME QUILLE, *à la porte*

Tu es un amour...

---

[*] M<sup>me</sup> Quille, M. Quille.

## SCÈNE VI

—

### Madame Quille, Flora

(*Flora entre en peignoir bleu, décolleté et garni de dentelles.*)

MADAME QUILLE, *se retournant et apercevant Flora*[*]
Ah !.. Vous êtes folle, ma fille !

FLORA

Pourquoi ?

MADAME QUILLE

Ce costume... ce costume... qu'est-ce que c'est que ce costume ?

FLORA

Madame m'a dit de me mettre en tenue...

MADAME QUILLE

Vous appelez ça une tenue de travail ?

FLORA

Naturellement !

MADAME QUILLE

C'est ainsi que vous vous mettiez à Paris ?

---

[*] Flora, M^me Quille.

FLORA

Dame.

MADAME QUILLE

A Paris on fait ce qu'on veut; mais ici une pareille élégance est tout à fait déplacée !

FLORA

Comment faut-il me mettre, alors ?

MADAME QUILLE

En bonne.

FLORA

En bonne ?

MADAME QUILLE

Voyons, ma fille, vous ne vous êtes jamais mise en bonne ?

FLORA

Mais si, ça m'est arrivé.

MADAME QUILLE

C'est heureux ! (*On entend une sonnerie.*) Bon, voilà Ernest qui sonne !

FLORA, *faisant un mouvement vers la gauche*

J'y vais.

MADAME QUILLE, *l'arrêtant*

Y pensez-vous ? Que dirait-il s'il vous voyait ainsi attifée ? Allez vite m'enlever tout ça et mettre un caraco et un tablier blanc... Et dépêchez-vous !

FLORA, *à part*

Je comprends. C'est un type qui a des passions !
(*Elle sort par le fond.*)

---

## SCÈNE VII

### Madame Quille, *seule*

MADAME QUILLE, *accoudée à la cheminée*

Je savais bien qu'à Paris les valets de pieds portaient des culottes de soie, mais je ne me doutais pas que les bonnes missent des peignoirs décolletés ! (*Elle s'assied.*) Le luxe de la capitale devient vraiment excessif... Où allons-nous, Seigneur, où allons-nous ?

---

## SCÈNE VIII

### Madame Quille, Ernest

ERNEST, *paraissant à la porte de gauche*[*]

Oui, où allons-nous ?.. Il y a dix minutes que j'ai sonné.

---

[*] Ernest, M^me Quille.

MADAME QUILLE

Qu'est-ce que vous voulez, Ernest ?

ERNEST

C'est l'heure de ma camomille.

MADAME QUILLE

Restez là... je vais vous la faire. (*A part.*) Il y avait longtemps qu'il n'avait rien demandé, celui-là. (*Elle sort à droite.*)

ERNEST, *prenant le livre sur la cheminée*

Jamais moyen d'avoir ce qu'on veut ici. (*Il s'assied sur le canapé et ouvre le livre.*)

---

## SCÈNE IX

### Ernest, Flora

*Flora entre par le fond, vêtue en bonne.*

FLORA, *apercevant Ernest. A part**

Un client !.. (*A Ernest.*) Bonjour, m'sieu !

---

* Flora, Ernest.

ERNEST

Tiens, la nouvelle bonne... *(Il se lève et met son binocle.)* Approchez, petite.

FLORA, *à part*

C'est Ernest. *(Elle s'avance provocante jusqu'à ce qu'elle se trouve nez à nez avec Ernest. Elle dit alors.)* Voilà !

ERNEST, *étonné, reculant d'un pas*

Elle est rudement gentille ! *(Il passe devant elle.)* Alors, vous venez de Paris ? *

FLORA, *après s'être avancée comme plus haut*

Oui, m'sieu.

ERNEST

Ça se voit. Il y a une sacrée différence entre vous et les autres ! *(Il recule d'un pas.)*

FLORA, *même jeu*

Sans blague ?

ERNEST, *même jeu*

Sans blague. *(A part.)* Gentille petite bonne. *(Il va au guéridon).* Jusqu'à présent, ici, je n'ai guère été gâté. Celle qui vous a précédé, notamment, quel souillon ! Laide, mal bâtie et d'une maladresse...

---

* Ernest, Flora.

FLORA, *allant le rejoindre*

Vrai ?

ERNEST

Comme je vous le dis.

FLORA, *s'appuyant contre le guéridon de manière
à frôler Ernest*

Avec elle, ça devait manquer de charme ?

ERNEST, *ému et gêné, allant au canapé* *

Si l'on m'avait encore sorti un numéro pareil, je ne
serais pas resté ici dix minutes de plus. (*Il s'assied.*)
Je ne viens pas pour voir des têtes de massacre.

FLORA, *un pied sur le canapé et se penchant vers
Ernest*

Naturellement.

ERNEST, *toujours assis, se reculant*

A présent, au contraire, avec une petite Parisienne
comme vous, la maison devient plus agréable... Allez-
vous y rester, au moins ?

FLORA

Pourquoi pas ?

ERNEST

Vous ne vous plairez peut-être pas en province ?

---

* Flora, Ernest.

FLORA, *s'asseyant à côté d'Ernest*[*]

Si vous croyez que c'est toujours drôle à Paris ; il vient des gens de toutes sortes, des voyous...

ERNEST, *se reculant*

Des voyous ?

FLORA, *se rapprochant et mettant sa jambe sur celle d'Ernest*

Tandis qu'en province, l'on sait encore parler aux femmes. Eh bien ! voyez-vous, les bonnes manières ça réussit toujours, même avec nous autres.

ERNEST, *se levant, de plus en plus ému*

Pour un galant homme, une femme est toujours une femme !

FLORA

Ça, c'est envoyé ! Y a pas à dire, vous vous *esprimez* bien. (*Elle se lève.*) C'est agréable de se trouver avec des hommes qui sait causer.

ERNEST, *à part*

Elle est très amusante. (*Il s'assied dans le fauteuil devant la cheminée.*)

FLORA, *se penchant sur lui*

Voulez-vous que je vous dise ? Eh bien ! là, franchement, vous me plaisez beaucoup !

* Flora, Ernest.

ERNEST, *flatté*

Vraiment ?

FLORA

Vraiment. Voyez-vous, moi, je suis gentille avec
tout le monde. Mais je crois que je serai avec vous
encore plus gentille qu'avec les autres.

ERNEST

Vraiment ?

FLORA

Vraiment. (*Elle s'installe délibérément sur ses
genoux.*) T'as dû en faire, hein, des béguins ?

ERNEST, *estomaqué*

Peuh !.. en mon temps... Mais aujourd'hui...

FLORA

Laisse-moi donc tranquille. Comme si, aujourd'hui
encore, tu n'étais pas capable de donner du bonheur
à une femme !

ERNEST, *se levant, surexcité* *

Je remonte dans ma chambre.... la chambre algérienne... Apportez-moi donc un peu d'eau chaude.

FLORA

Oui, mon coco !

---

* Ernest, Flora.

ERNEST, *à part*

Coco !.. Tant pis, je n'y tiens plus ! (*Il l'embrasse. M^{me} Quille entre à ce moment, à gauche, portant la camomille. Flora sort par le fond.*)

---

## SCÈNE X

—

### Ernest, Madame Quille

MADAME QUILLE

Voici votre ca...

*Un silence. Ernest feuillette nerveusement les journaux du guéridon, M^{me} Quille, décontenancée, agite éperdument la cuiller dans la tasse.*

Voici votre camo... voici votre camomille !

ERNEST

Merci, je n'en veux plus ! (*A part.*) Tout le temps fourrée derrière votre dos, celle-là ! Vieille toupie ! (*Il sort, à gauche.*)

MADAME QUILLE, *seule*

Ah ! le satyre !.. Eh bien ! je vais la boire, moi, sa camomille, ça me calmera... (*Elle pose la tasse sur la cheminée et boit quelques gorgées.*) Est-ce que M. Ernest va s'amuser à débaucher mes bonnes ?.. Ah ! ça non, par exemple ! (*Flora paraît au fond, portant une bouillotte.*)

---

## SCÈNE XI

**Madame Quille**, **Flora**, *qui se dirige vers la porte de gauche*

MADAME QUILLE, *l'arrêtant* *

Où allez-vous ?

FLORA

Porter de l'eau chaude à M. Ernest.

MADAME QUILLE

Porter de l'eau chaude à M. Ernest ? Eh bien ! non, vous n'irez pas.

FLORA

Mais il m'a demandé...

MADAME QUILLE

Je la lui porterai moi-même.

FLORA

Vous ?

MADAME QUILLE

Ça vous étonne ?

FLORA

Je vous crois. Vous m'avez engagée pour travailler ; je me demande pourquoi vous voulez m'en empêcher.

---

* Flora, M<sup>me</sup> Quille.

MADAME QUILLE

Vous travaillerez. Soyez sans crainte.

FLORA

Puisque j'ai commencé M. Ernest, il me semble que c'est moi qui...

MADAME QUILLE

Assez d'observations. Je fais ce que bon me semble.

FLORA

Eh bien ! vous faites une gaffe !

MADAME QUILLE

Qu'est-ce à dire ?

FLORA

Pourquoi voulez-vous faire mon ouvrage ? Vous m'avez recommandé de soigner ce vieux ? Je vous ai obéi. Lui-même m'a déclaré qu'il se plaisait chez vous rien qu'à cause de moi. Ah ! et puis maintenant allez la lui porter, si vous voulez, la bouillotte. (*Elle lui donne la bouillotte et va pour sortir.*)

MADAME QUILLE, *la rappelant*

Marie...

FLORA, *à la porte*

Qu'y a-t-il ?

MADAME QUILLE, *après une hésitation douloureuse*

Reprenez la bouillotte.

FLORA, *revenant*

Faut monter ?

MADAME QUILLE, *même jeu*

Oui, montez.

FLORA

Bien, madame. (*En sortant.*) Elle n'est pas commerçante pour un sou cette femme-là ! (*Elle sort à gauche.*)

---

## SCÈNE XII

### Madame Quille, *puis* Quille

MADAME QUILLE, *seule* [*]

Qu'est-ce que c'est qu'une bonne pareille ?

QUILLE, *entrant par la droite*

Ah ! J'ai fait les provisions. Je n'ai pas trouvé de poulet ; alors j'ai acheté des lentilles. .

MADAME QUILLE, *sans l'écouter*

Tu arrives bien.

QUILLE, *se laissant tomber dans le fauteuil*

Qu'est-ce qu'il faut faire encore ?

---

[*] Mme Quille, Quille.

**MADAME QUILLE**

Je ne sais pas, mais il se passe ici des choses épouvantables !

**QUILLE**

Quelles choses ?

**MADAME QUILLE**

La bonne... la bonne...

**QUILLE**

Eh bien quoi, la bonne ?

**MADAME QUILLE**

Elle est en ce moment dans la chambre d'Ernest!

**QUILLE**

Et puis après ?

**MADAME QUILLE**

Après... après... tu m'en demandes trop... Il la couvrait de baisers ici même tout à l'heure.

**QUILLE**

Ici ? Il en a un toupet !

**MADAME QUILLE**

Et cette fille, cette fille qui a servi dans les plus grandes maisons de Paris, où on met des peignoirs bleus...

**QUILLE,** *sursautant*

Des peignoirs bleus ?

MADAME QUILLE

Il paraît que c'est la mode... Cette fille à qui la
police a délivré un certificat...

QUILLE

Comment, la police ?

MADAME QUILLE

Oui, elle a une carte qui lui a été donnée par la
Préfecture.

QUILLE, *de plus en plus étonné*

Par la Préfecture ?

MADAME QUILLE

C'est même ça qui m'a inspiré confiance.

QUILLE, *se levant brusquement* *

Nom de Dieu !

MADAME QUILLE

Qu'est-ce que tu as ?

QUILLE

Rien... Une idée... le peignoir... la carte... Non, ce
n'est pas possible !..

MADAME QUILLE

Quoi ?

QUILLE

Je ne peux pas te le dire... Il faut absolument que
j'éclaircisse...

---

* Quille, M^me Quille.

## SCÈNE XIII

—

### Les Mêmes, Choppy

CHOPPY, *entrant par le fond* *
Salut, la compagnie !

MADAME QUILLE, *à Quille*
Quel est cet individu ?

CHOPPY
Choppy, l'employé de Gobersac. C'est moi qui ai
amené la môme.

QUILLE, *à part*
La môme !.. Plus de doute.

CHOPPY
Je viens pour arrêter les frais de voyage.

QUILLE
Ah ! vous venez pour arrêter les frais de voyage ?
(*Il s'avance menaçant vers Choppy qui recule.*)
Pour arrêter les frais de voyage ? Et si l'on vous ar-
rêtait, vous, qu'est-ce que vous diriez ?

MADAME QUILLE
Hein ?

CHOPPY
De quoi ?

---

* Quille, Choppy, M<sup>me</sup> Quille.

QUILLE

Vous venez donc maintenant exercer votre sale industrie jusque dans les familles honnêtes ?

CHOPPY

Les familles honnêtes ? Vous n'êtes donc pas des nôtres ?

MADAME QUILLE

Qu'est-ce qu'il veut dire ?

QUILLE, *allant vers M*<sup>me</sup> *Quille* [*]

Ne m'interroge pas, Hortensia. Nous sommes, je le pressentais bien, victimes d'un terrible malentendu.

CHOPPY, *à part*

Sale affaire ! (*Haut. Otant son chapeau.*) Ecoutez, patron...

QUILLE, *très énergique*

Il n'y a pas de patron, ici.

CHOPPY

Excusez... Mais on ne savait pas... On s'est trompé... Il n'y a pas de ma faute... c'est une erreur, voilà tout. On va s'en aller...

MADAME QUILLE, *sans comprendre*

Oui... oui... qu'ils s'en aillent... qu'ils s'en aillent !

[*] Choppy, Quille, M<sup>me</sup> Quille.

QUILLE

Soit, pas de scandale. Vous allez emmener cette fille immédiatement.

CHOPPY

Bien, pa... (*Se reprenant.*) Bien, monsieur.

---

## SCÈNE XIV

—

### Les Mêmes, Flora

FLORA, *entrant à gauche et apercevant Quille*
Encore un client. Bonjour, p'tit loup.

MADAME QUILLE *
Qu'est-ce que vous dites ?

FLORA
Je dis bonjour à un client.

CHOPPY
La gaffe, Flora. Tais-toi !

MADAME QUILLE
Mon mari, un client ?

FLORA
Ah zut ! C'est le patron !

---

* Choppy, Flora, M^me Quille, M. Quille.

CHOPPY, *emmenant Flora*

Tais-toi donc, il y a erreur.

FLORA

Erreur ! Ce n'est donc pas ici un...

CHOPPY, *l'entraînant*

Mais viens donc...
(*Ils sortent par le fond.*)

## SCÈNE XV

—

### Quille, Madame Quille

QUILLE, *abasourdi, tombant sur le fauteuil*

Un client !

MADAME QUILLE, *tombant sur le canapé*[*]

Seigneur ! Je comprends tout. Ainsi donc, on a pris notre maison pour une maison de débauche !

QUILLE

Aussi, il fallait faire attention.

MADAME QUILLE

Attention à quoi ?

QUILLE

Tu écris à la première adresse venue.

---

[*] M^me Quille, Quille.

### MADAME QUILLE

Alors, c'est ma faute, à présent?

### QUILLE

Naturellement. On prend ses renseignements !

### MADAME QUILLE

Ses renseignements, ses renseignements, c'est facile à dire ! Il faut que je m'occupe de tout ici ; tout retombe sur moi...

### QUILLE

Ne crie donc pas si fort !

### MADAME QUILLE

Je crierai si je veux... Je te défends de dire que c'est de ma faute...

---

## SCÈNE XVI
—
### Les Mêmes, Ernest

ERNEST, *paraissant à gauche et achevant de rectifier sa tenue*

Eh bien, qu'y a-t-il donc, les enfants ? On se chamaille ?

### QUILLE

Oh ! rien, une petite discussion sans importance.

**MADAME QUILLE**

Sans importance.

**ERNEST** *

C'est bien mon avis... Parlons d'autre chose... Pour vous mettre d'accord, j'ai des compliments à vous faire à tous les deux... oui, sur votre nouvelle bonne...

**MADAME QUILLE**

Vraiment ?

**ERNEST**

Oui... Oh ! Elle est très bien : gentille, aimable, complaisante...

**MADAME QUILLE**

Si complaisante que je l'ai mise à la porte !

**ERNEST**

Vous l'avez mise à la porte, vous ?

**MADAME QUILLE**

Oui, moi.

**ERNEST**, *à Quille, qui veut s'esquiver par la porte de droite*

Et qu'est-ce que tu en dis, toi ?

**QUILLE**

Oh ! moi... que veux-tu... dans ces affaires-là...

---

* M^me Quille, Ernest, Quille.

ERNEST, *éclatant*

C'est trop fort !.. Pour une fois que vous avez une bonne un peu convenable, tu permets à ta femme de la renvoyer ?

MADAME QUILLE

Mais vous ne savez pas...

ERNEST, *furieux*

Je sais que vous aviez une bonne qui me plaisait et que vous l'avez renvoyée. Tout ça pour m'être désagréable.

QUILLE

Par exemple !

ERNEST

Je ne veux pas savoir autre chose !

MADAME QUILLE

Laissez-moi vous...

ERNEST, *se promenant avec agitation*

Zut, zut et zut ! J'en ai assez à la fin ! J'ai bon caractère. Je suis patient. Mais je n'ai pas tout de même été mis au monde pour supporter vos vexations. Et puisque vous me traitez ainsi, je vous quitte la place.

MADAME QUILLE

Comment, vous...

### ERNEST

Immédiatement. J'ignore ce que vous avez contre cette fille. Moi, je n'ai rien à lui reprocher. Je désire qu'on la garde.

### MADAME QUILLE

Je vous assure, Ernest, que...

### ERNEST

Inutile d'insister. Je veux qu'on me cède, pour une fois. Est-ce compris ?

### QUILLE

Mais...

### ERNEST

Je reviendrai dans cinq minutes connaitre votre décision. Mais, je vous en avertis tout de suite, si vous renvoyez votre bonne, je m'en vais...

### MADAME QUILLE, *suppliante*

Ernest !

### ERNEST

Et je vous déshérite ! C'est mon dernier mot. (*En sortant.*) Tonnerre !

## SCÈNE XVII

### Quille, Madame Quille

*(Ils se regardent pendant quelques instants, atterrés).*

MADAME QUILLE [*]

En voilà une affaire.

QUILLE

C'est qu'il le ferait comme il l'a dit.

MADAME QUILLE, *avec des larmes dans la voix*

Je ne peux pourtant pas garder cette fille ici.

QUILLE

Tu aimes mieux perdre l'héritage.

MADAME QUILLE, *avec un soupir*

Six cent mille francs !

QUILLE

Six cent mille francs, sacrifiés à des préjugés bourgeois. Si un jour nous mourons sur la paille...

MADAME QUILLE, *désespérée*

Que veux-tu que je fasse ?

QUILLE

Rien, rien ; il n'y a rien à faire.

---

[*] M^{me} Quille, Quille.

## SCÈNE XVIII

—

### Les mêmes, Flora, Choppy

FLORA, *entrant avec Choppy par le fond, sa valise*
*à la main*

Tenez, voilà votre tablier.

QUILLE*

Ils s'en vont.

MADAME QUILLE, *brusquement à Flora*

Attendez... Donnez-moi votre valise. (*Elle la lui*
*prend des mains*).

QUILLE

Votre chapeau. (*Il le lui enlève*).

MADAME QUILLE

Votre manteau... (*Elle le lui ôte*).

FLORA, *ahurie*

Mais...

QUILLE, *lui passant le tablier autour de la taille*

Mettez vite ce tablier...

MADAME QUILLE

Vous allez rester ici.

---

* Flora, Choppy, Mᵐᵉ Quille, Quille.

#### FLORA

Pourquoi faire ?

#### MADAME QUILLE, *allant poser dans un coin le manteau et la valise*

La bonne !

#### FLORA, *passant à droite, suivie de Quille qui lui attache son tablier*

Ah ! pardon ! Le ménage et la cuisine ce n'est pas dans mes eaux ! Je n'ai pas été élevée à ça.

#### QUILLE [*]

Madame fera la cuisine et je m'occuperai du ménage.

#### MADAME QUILLE

On vous demandera seulement de servir à table et de faire semblant de travailler quand M. Ernest sera là.

#### FLORA

C'est tout ?

#### QUILLE

Oui.

#### FLORA

Et je serai payée ?

---

[*] Choppy, M<sup>me</sup> Quille, Quille, Flora.

MADAME QUILLE

Faites votre prix.

FLORA

Vingt-cinq louis par mois.

MADAME QUILLE, *ahurie*

Vingt-cinq louis !

QUILLE, *même jeu*

Cinq cents francs !

FLORA

Je ne travaille pas à moins.

CHOPPY

Pas à moins.

MADAME QUILLE

Mais nous ne pouvons vraiment pas...

FLORA

A prendre ou à laisser ! *(Elle se prépare à dénouer son tablier)*.

MADAME QUILLE, *l'en empêchant*

Ne le rendez pas. Nous acceptons.

QUILLE, *allant à Choppy*

Et vous... filez !

CHOPPY, très calme *

Pardon, et mes frais ?

QUILLE

Vos frais ?

CHOPPY, même jeu

Mes frais de voyage, ou je dis deux mots à Nénest.

QUILLE

Elle vous a donc raconté ?

CHOPPY

Penses-tu ?

QUILLE

C'est combien ?

CHOPPY

Dix louis. (*A part*). Trois louis pour le bureau et sept pour Bibi.

QUILLE, tirant des billets de son portefeuille

Prenez ! Et disparaissez avant qu'on ne vous ait vu.
(*A ce moment, Ernest paraît à la porte de gauche. M. et Mme Quille essaient de masquer Choppy*).

---

* Choppy, Quille, M<sup>me</sup> Quille, Flora.

## SCÈNE XIX

—

### Les mêmes, Ernest

ERNEST, *entrant à gauche et apercevant Flora*
Ah ! ah ! je vois avec plaisir que tout est arrangé.
*(Apercevant Choppy).* Quel est ce monsieur ?

QUILLE, *à part* *
Bigre ! (*Haut.*) C'est le... c'est le marchand de...

MADAME QUILLE, *l'interrompant vivement*
C'est... le frère de Marie... qui... justement... était
venu... en passant...

QUILLE

Il passait...

ERNEST

Son frère ? En effet, il lui ressemble. (*Allant
serrer la main de Choppy.*) Jeune homme, vous
allez dîner avec nous.

MADAME QUILLE

Il l'invite !

CHOPPY

Merci bien, m'sieu. (*Il ôte rapidement son pardessus, allume une cigarette et s'allonge sur le
canapé.*)

---

* Quille, M^me Quille, Choppy, Ernest, Flora.

ERNEST *à Flora*

Ça vous fait plaisir ?

FLORA *bas et ironiquement*

Tu parles.

ERNEST, *près de Flora qu'il ne quitte pas des yeux*

Et maintenant que, grâce à moi, vous avez enfin une bonne sérieuse, ce n'est plus un mois que je reste ..

QUILLE, *inquiet*

Ah !

ERNEST

Je m'installe chez vous définitivement. . oui... pour toujours !

QUILLE *et* MADAME QUILLE, *s'écroulant sur les deux chaises qui se trouvent à droite et à gauche du guéridon.*

Pour toujours !

ERNEST, *se retournant vers eux*

Qu'est-ce que vous avez ?

QUILLE *et* MADAME QUILLE, *sur un ton d'excla-mation douloureuse*

C'est la joie ! C'est la joie !

———

RIDEAU

Saint-Amand (Cher). — Imp. Em. PIVOTEAU et Fils.